Coordinación editorial: M.ª Carmen Díaz-Villarejo
Diseño de colección: Gerardo Domínguez
Maquetación: Macmillan Iberia, S. A.

© Del texto: Juan Kruz Igerabide, 2011
© De las ilustraciones: Maite Gurruchaga, 2011
© Macmillan Iberia, S.A., 2012
    c/ Capitán Haya, 1 - planta 14. Edificio Eurocentro
    28020 Madrid (ESPAÑA). Teléfono: (+34) 91 524 94 20

    GRUPO MACMILLAN: www.grupomacmillan.com

ISBN: 978-84-1542-619-6
Impreso en China / Printed in China

www.macmillan-lij.es
www.miraquienlee.com

ESTE LIBRO PERTENECE A:

Juan Kruz Igerabide

PÁJARO SUPERSÓNICO

Ilustración de Maite Gurruchaga

MACMILLAN
Infantil y Juvenil

1

UN EXTRAÑO NACIMIENTO

Me agitaba nerviosa dentro del huevo, porque iba a nacer de un momento a otro. Oía los sonidos del bosque como una embriagadora música, y estaba ansiosa por salir. De vez en cuando, un airecillo suave mecía el huevo como una cuna, y me quedaba dormida, sumida en un dulce sueño.

El día que yo nací, según me contó mi amigo el ruiseñor que vivía cerca, el cielo pintó de color naranja el bosque, y un templado viento sur cantaba una canción de cuna, que sonaba: *shur shur shur…*

Mis padres eran pájaros carpinteros, y no construían los nidos igual que otras especies, con ramitas y hierbas, sino taladrando un agujero en el tronco; allí depositaban hierbas y trozos de corteza, y preparaban una acogedora cuna. En un nido de estas características nací yo.

Aquella mañana, me contaría luego el ruiseñor, las copas de los árboles resplandecían con infinidad de soles reflejados en las hojas. El suelo del bosque era un laberinto de luces y sombras donde jugaban a perderse las hojas caídas que correteaban arrastradas por la brisa.

En medio del bosque había un lago en el que el cielo se fotografiaba a sí mismo.

Acompañando la música de la brisa, los pájaros y otros animalillos cantaban a coro para dar la bienvenida al nuevo día. De repente, el canto cesó por breves instantes y reinó el silencio en todo el bosque; al instante, resonó el ritmo de una batería, un solo:

—¡Toc, tocotocotocotoc, toc!

Inmediatamente, todo el bosque volvió a cantar al ritmo de la batería como una gran orquesta.

El que tocaba la batería era mi padre: con su acerado pico, martilleaba el tronco de un árbol para expresar su felicidad. Se sentía feliz porque iba a nacer yo de un momento a otro.

—¡Toc, tocotocotocotoc, toc!

"Ya viene, ya llega nuestro pequeño; será batería como yo", pensaba mi padre, porque le hubiera gustado que yo tocara la batería como él.

—¡Toc, tocotocotocotoc, toc! –tocó aún más fuerte.

El coro del bosque entonó un himno de alegría que duró unos cuantos segundos. Cantaban de esta guisa:

Para ver el pico, para ver el pico,
para ver el pico que ha asomado ya…

El cielo se estremeció y ondeó como una sábana azul acariciada por la brisa.

Una vez celebrado mi nacimiento, cada cual regresó a sus quehaceres. Un incesante trajín y sonidos de todas clases se adueñaron del bosque. Mi padre, rebosante de alegría, continuaba aporreando la batería.

—¡Toc, tocotocotocotoc, toc!

Oí que mi madre daba saltitos por el tronco del árbol, recorriéndolo hacia arriba y hacia abajo. No la podía ver porque los de mi especie nacemos ciegos. De vez en cuando, se paraba cerca de mí para comprobar cómo me encontraba; luego, volvía a recorrer el tronco dando saltitos.

***

2

UN PICO TORCIDO

Mis hermanos mayores se divertían en distintos árboles, sin enterarse mucho de lo que estaba pasando.

Según me contó más tarde mi amigo el ruiseñor, una de mis hermanas se acercó volando torpemente, se detuvo a la entrada del nido, batió sus alas para asustarme, y se marchó.
No le debí de gustar mucho, porque se alejó gritando:

—¡Fea, torpe y tonta! ¡Fea, torpe y tonta!

Mi padre, al oírlo, aporreó la batería aún más fuerte:

—¡Toc, tocotocotocotoc, toc!

—¡Ya basta! –le gritó mi madre–. ¡Me duele la cabeza!

Yo estaba asombrada, con el pico fuera del huevo. Rompí del todo el cascarón, y me quedé desnuda, tiritando, porque aún carecía de plumas. Entonces, mi madre saltó sobre mí y me cubrió con su cuerpo. Fue la única vez que sentí el cuerpo amoroso de mi madre. Ya no me volvería a abrazar nunca más; esa es la costumbre entre los pájaros carpinteros. Cada cual va a lo suyo.

Mi madre se echó para atrás y me examinó atentamente.

—El pico, torcido –murmuró–. Malo.

Me examinó las alas.

—Bien, bien. Son más fuertes que las de tus hermanos.

Después, observó la cola.

—Bien, bien.

Me empujó con su pico para que me levantara y me examinó las patas.

De pronto, dio un grito como un relincho, porque los pájaros carpinteros relinchamos en lugar de piar. Se apartó de mí, relinchando cada vez más fuerte, horrorizada.

Mi padre acudió al oír los relinchos de mi madre.

—¿Qué ocurre, querida?

—¡Míralo tú mismo!

Mi padre también lanzó un relincho de angustia.

—El pico, torcido; los pies, torpes. Malo. No sirve para carpintero. No sirve para batería. Este torpe pájaro no sirve para nada.

Se marchó lejos a tocar la batería con su acerado pico, pero no de alegría, sino de rabia.

—¡Toc, tocotocotocotoc, toc!

Yo no supe qué rayos pasaba con mi pico y con mis patas. No podía vérmelos aún. Ya no me sentía tan contenta por haber nacido, sino un poco preocupada, después de oír lo que dijeron sobre mí. Sin embargo, yo quería estar contenta, y me puse a cantar. Mis hermanos se rieron un poco de mí, y revoloteaban alrededor.

—Pájaro torpe, pájaro torpe. No vales nada.
Mi madre los riñó.

—¡Un poco de respeto, criaturas! Bastante
tiene con lo que tiene.

¿Y qué tenía yo de malo? No me dolía
nada, no me sentía triste. Al contrario, estaba
contenta de haber nacido y seguí cantando.

* * *

3

MI AMIGO EL RUISEÑOR

Al principio, mi madre me traía comida. Me cosquilleaba a ambos lados del pico, donde los pájaros carpinteros tenemos unas bolsitas, para que yo abriera la boca.

Cuando empecé a ver, me quedé perpleja, y miré a todas partes.

—De ahora en adelante te buscarás tu propio sustento –me dijo mi madre, y dejó de traerme comida.

Yo veía la punta de mi pico; estaba un poco torcido, es verdad, pero me pareció mucho más bonito que el de mis hermanos. A mí me gustaba así. Me miré las patas. No parecían tener nada de extraño.

Saqué la cabeza fuera del nido. Mi madre se quedó unos árboles más allá, boca abajo, agarrada a un tronco, un poco triste porque yo había nacido con un cuerpo raro.

Mi padre seguía dándole a la batería día y noche. Unos cuervos se quejaron de que no podían dormir; se quejó el búho, que no podía pensar, pero mi padre hizo caso omiso.

Yo miraba alrededor, cada vez más asombrada.

—¡Qué bosque más grande! ¡Qué cielo más alto! ¡Qué suelo más hondo!

Me oyó un ruiseñor que vivía en la copa del árbol donde estaba mi nido. Habló con voz melodiosa:

—¡Ay, zopenco! ¿Grande, dices? Si miraras el bosque desde aquí arriba, comprobarías de veras lo grande que es. Desde donde tú estás, no ves más que una patita de bosque y un ojito de cielo.

Alzó el vuelo y se alejó cantando. ¡Aquello era cantar! Yo también quería cantar como el ruiseñor. Yo también quería contemplar el ancho bosque desde lo más alto. Miré hacia arriba, a la copa del árbol. No me encontraba lejos, pero había que recorrer un buen trecho para subir hasta allí. Aún me movía con dificultad por el nido; así que no me atrevía a subir por el tronco, como hacían mis padres y mis hermanos.

Tenía hambre. Mi madre, de vez en cuando, pasaba volando cerca y dejaba caer un trozo de comida de su pico. Yo sacaba la cabeza y estiraba el cuello para atrapar la comida, pero casi siempre se me caía.

—¡Torpe, más que torpe! –gritaba mi madre y se alejaba relinchando.

El ruiseñor que vivía en la copa del árbol regresó y se dio cuenta de que yo tenía hambre.

—¡Ay, ay, ay! Pajarito de mi alma. ¿Qué pasa que no sales a buscarte la comida? ¿Estás enferma? ¿Estás herida?

El ruiseñor bajó volando, revoloteó cerca de mí y me examinó.

—¡Oh, qué pico tan bello! ¡Eres linda, preciosa! Te llamaré Pajarolindo.

E inventó una canción para mí. La cantamos juntos.

—Así no, Pajarolindo –me corregía–.

Mi-mi-mi, sol-sol-sol.

Y me enseñó un poco de solfeo. Después, me animó a abandonar el nido.

—Tienes que buscar comida.

Yo aún me sentía sin fuerzas en las alas para volar, sin fuerzas en las patas para trepar por el tronco, sin fuerzas en el pico para taladrar la corteza y atrapar gusanos.

—No te preocupes –me animó el ruiseñor–. Ya crecerás y te pondrás fuerte. Entretanto, yo te ayudaré.

***

4

MI MADRE, FURIOSA

De repente, los relinchos de mi madre
espantaron al ruiseñor, que huyó veloz
a la copa del árbol.
—¿Qué haces tú ahí? ¡Que no te vea
más por el nido, metete, más que metete!
¿A qué vienes a meter las narices en asuntos
de otras familias, eh? Si la ayudas,
no aprenderá a valerse por sí misma.
El ruiseñor se quedó quietecito en la copa
del árbol. Cuando mi madre se alejó,
me silbó suavemente:
—¡Psss, pajarito! No te preocupes,
que no tengo miedo de tu madre,
que vuelo más veloz que ella. Tranquila.
Te volveré a visitar y te ayudaré.
Desde entonces, de vez en cuando,
a oscuras, para no ser visto por mis padres,

el ruiseñor bajaba hasta mi nido a traerme
la comida que le sobraba.

—Come, pajarito; come, que tienes que
ponerte fuerte.

Cada vez que se acercaba, yo le miraba
las patas.

—¿Qué pasa? ¿Qué miras, pajarito?

—Nada, nada; solo comprobaba si tus patas
son iguales a las mías.

Entonces, el ruiseñor alargó una de sus
patas y la comparó con las mías.

—Pues sí, son casi iguales, Pajarolindo.
Yo no veo nada extraño.

—¿Y mis patas son como las de mis padres?
–le pregunté.

—¡Ah! Pues eso no te lo puedo decir,
porque son tan ariscos que no dejan que nadie
se les acerque. No se puede saber cómo son
sus patas. De todas formas, las tuyas son
iguales que las mías y eso no está nada mal.

Pasaron los días. Mi madre se alejaba cada
vez más. A mi padre lo expulsaron a una zona
donde no vivía casi nadie para que dejase

de molestar con su batería. Mis hermanos
andaban de acá para allá, haciendo trabajos
de carpintería para los animales del bosque.
En cierta ocasión, uno de ellos, la hermana
que cuando nací aleteó cerca del nido,
pasó volando y me gritó:

—¿Todavía sigues ahí? ¡Salta, torpe,
más que torpe! ¡A qué esperas!

La verdad, tenía unas ganas enormes de
subir por el tronco como mis padres y mis
hermanos, pero veía el suelo tan hondo
que me daba vértigo.

Mi cuerpo se fue cubriendo de plumas que
pronto se cayeron y fueron sustituidas por
otras fuertes, de vivos colores: rojo, negro,
blanco…; sentí por primera vez que mi
cuerpo era hermoso como el crepúsculo.

—Pajarolindo –me llamó el ruiseñor desde
la copa–: tus nuevas plumas son maravillosas.

Un día, me sorprendí al oír un nuevo canto
en la copa del árbol. Sonaba como siempre,
pero doble. Saqué la cabeza y la giré para

mirar hacia arriba. Vi a mi amigo el ruiseñor
acompañado de una novia. Se abrazaban con
las alas, se besaban con el pico, se acariciaban
el cuello, se miraban a los ojos.

—¡Pajarolindo! –me llamó mi amigo
el ruiseñor–. Me ha pasado una cosa
maravillosa: me he enamorado. Voy a
emprender un largo viaje con mi amada.
Tú ya eres mayor y no necesitas más de mí.

Con la brisa del atardecer alzaron el vuelo.

—¡Adiós, Pajarolindo! ¡Sé feliz!

No los vi más por el bosque. Mi amigo
el ruiseñor se había marchado para siempre
a otras tierras.

* * *

5

UN HAMBRE ATROZ

Mi madre ya no dejaba caer restos de comida cerca del nido. Me sentía hambrienta, muy hambrienta. Mi hermana volvió a pasar volando cerca del nido y me gritó:

—¡Sal de ahí, torpe, más que torpe! ¡Búscate la vida!

Hice un primer intento con los ojos cerrados. Saqué una pata del nido, la apoyé sobre la corteza del tronco y empecé a sacar la otra. De pronto, me resbalé. Casi me caigo para abajo. Volví a esconderme en el nido, temblando de miedo. ¡Qué vértigo!

Me quedé dentro un par de días más, esperando algún tipo de ayuda. Pero la ayuda no llegó. El hambre me mordía por dentro y fue lo que me infundió valor para intentarlo de nuevo.

Esta vez salí de espaldas. "No mires abajo", me repetía a mí misma, "mira para arriba, siempre para arriba". Apoyé la cola en el tronco y me di cuenta de que mi cola era muy fuerte y me sujetaba.

Fui saliendo despacio y me quedé con el cuerpo pegado al tronco. Miré hacia arriba, a la copa donde había dejado su nido el ruiseñor. Pensé que podía haber olvidado algo de comida en su refugio y traté de subir por el tronco. Pero mis patas no eran capaces de impulsarme. La cola me sujetaba para no caerme, pero no podía moverme ni hacia arriba ni hacia abajo. Así me quedé hasta el atardecer y toda la noche siguiente.

Por la mañana, sentí que me encontraba a punto de desfallecer, apenas podía sostenerme, pero el miedo hacía que mi cola no se despegase del tronco.

El hambre me devoraba las entrañas.

En esa comprometida situación me sorprendió mi hermana.

—¡Torpe, más que torpe! –me gritó–. ¡Espabila y búscate la vida! ¡Salta de una vez!

Pasó volando muy cerca de mí. Su aleteo
sacudió el aire, el aire me zarandeó a mí,
que ya solo me sujetaba al árbol con un hilo
de fuerza, y la cola se separó del tronco.
Traté de agarrarme a la corteza con las uñas
de mis patas, pero me sentí caer al vacío,
de espaldas.

La caída duró una eternidad. Yo esperaba
el topetazo, toc, y acabar allí mis días.
Pero no sonó *toc*, sino *plas*. Caí en un charco.
Me levanté temblando de miedo, salí del
charco, me apoyé contra un tronco derribado
por el viento y me eché a llorar.
    Al rato, mi madre acudió relinchando:
    —¡Lo sabía! ¡Lo sabía! Sabía que esas
patas no te sujetarían. ¡Qué desgracia,
qué desgracia!
    Me miré las patas. No entendía qué tenían
de malo. Entonces, mi madre me mostró
las suyas. Tenían dos garras hacia delante y
dos hacia atrás, como las de todos los pájaros
carpinteros. Con aquellas garras podían
trepar y bajar por los troncos dando saltitos

y sin caerse. Yo, en cambio, tenía las patas como otras especies de pájaros, como los ruiseñores, por ejemplo. Nunca treparía por los troncos como mis padres y mis hermanos.

Mi madre se alejó relinchando.

* * *

6

MI PRIMER TRABAJO

El relincho de mi madre se oyó en el bosque de al lado y mi padre acudió a toda prisa. Se congregaron también algunos hermanos.

—¡No sirve! –gritó mi madre–. ¡No sirve para trepar por los árboles!

Mi padre estaba irritado.

—¡Tampoco sirve para carpintero, con ese pico tan torcido! Además, en lugar de tocar la batería y relinchar como es debido, le da por cantar como un ruiseñor. Esta cría no es de la familia.

Mi madre se puso hecha una furia.

—¡Qué dices! Es de la familia, pero es distinta.

—Pues como si no fuera de la familia –le contestó mi padre.

Se alejó relinchando. Mi madre lo siguió y desaparecieron juntos en la frondosidad del bosque.

Mi hermana, que aún no había aprendido a comportarse como es debido, se burló de mí:

—¡Torpe, más que torpe! ¡Limonada, limonada, no sirves para nada!

Toda mi familia eran carpinteros de oficio.
Mis hermanos eran muy solicitados.
Los animales les pagaban en especie, es decir, les daban comida abundante y regalos.
Además, cuando les apetecía, picaban
la corteza de los troncos y extraían jugosos insectos y orugas. Yo aprendí a alimentarme a base de granos, bayas y otros frutos que encontraba caídos en el suelo del bosque.

Al principio traté de imitar a mis familiares. Me encaramé a los árboles más pequeños. Subía un poco, impulsándome con mi fuerte cola, pero me caía para atrás. Con mucho entrenamiento, logré subirme a las ramas más bajas. Desde allí me dejaba caer y me entrenaba en dar saltos.

Los otros pájaros, que me veían comer
lo que recogía del suelo, me gritaban:

—¡Ponte a trabajar, torpe, más que torpe!
¡En el bosque no hay lugar para los vagos!

Temerosa de que me expulsaran del bosque,
observé de lejos cómo trabajaba mi hermana,
y traté de imitarla. Al principio trabajé sobre
unos troncos caídos. En una época en que
mis hermanos andaban con mucho trabajo,
algunos animales me llamaron para hacer
reparaciones urgentes.

Como tenía el pico un poco curvado,
mis acabados eran algo distintos a los que
tradicionalmente venían haciendo los pájaros
carpinteros. Por eso, los animales no se
mostraban satisfechos con mi trabajo
y me pagaban poco, cuando me pagaban.

Había épocas en las que no encontraba
granos y bayas en el suelo y pasaba hambre.
Llegué a pesar tan poco que los días que
soplaba el viento me tenía que refugiar tras
los troncos caídos para que mi cuerpo

no se viera arrastrado como una hoja seca. Cuando los demás animales veían cómo me zarandeaba el viento, se tronchaban de risa.

—¡Torpe, más que torpe! –me gritó mi hermana–. No eres más que una payasa.

* * *

7

PRIMERAS ACROBACIAS DEL PÁJARO SUPERSÓNICO

Como vi que a los otros animales les hacía gracia, a veces me dejaba arrastrar por el viento. Con el tiempo aprendí a utilizar las alas y dejarme llevar sin hacerme daño, y volaba a ras de suelo. Luego, empecé a ensayar unas acrobacias que deleitaban a los animales que me contemplaban. Me comenzaron a llamar "pájaro supersónico".

—¡Bien por el pájaro supersónico!

Me aplaudían, me echaban propinas. Con eso y con lo que me pagaban por las reparaciones urgentes iba sobreviviendo. Además de aprender a volar cada vez con mayor pericia, seguí practicando como carpintero en los troncos caídos, tallando formas desconocidas hasta entonces.

Mi hermana se reía de mí.

—¡Todo te sale torcido, torpe, más que torpe! ¡Hay que cortar la madera bien derecha! ¡Nunca aprenderás el oficio!

Los días de viento seguí practicando mis acrobacias. Fui adquiriendo gran habilidad en el vuelo rasante y en los cambios bruscos de dirección en vertical. Mis alas eran muy fuertes y me transportaban cada vez a mayor velocidad. Con el tiempo aprendí a volar como un rayo a ras de suelo, aunque no soplara el viento; en vuelo normal, superaba en velocidad a todos los pájaros de mi entorno. Me había convertido en un pájaro supersónico. Mi fama se extendió por todo el bosque.

—¿Supersónica esa? –se puso celosa mi hermana–. ¡Una payasa, eso es lo que es!

Pero todos los animales del bosque me admiraban.

* * *

8

PURA ENVIDIA

Alcancé tal renombre que llegué a ganar más que mis hermanos. Hasta las palomas envidiaban mi depurada técnica de vuelo. Los de mi especie, en cambio, eran muy torpes a la hora de volar. Lo hacían siempre en línea recta, subiendo y bajando en forma de olas, como un pájaro herido o enfermo empujado por el viento.

Era una manera de volar ridícula, pero como lo hacía así toda la familia de pájaros carpinteros pensaban que era lo correcto.

Hasta que llegué yo.

A pesar de que mi fama aumentó muchísimo, no abandoné mis trabajos de carpintero. Tenía verdadera afición por tallar la madera. Aprendí a utilizar mi torcido pico de manera que obtenía formas insólitas, nunca talladas por ningún otro pájaro carpintero. Mi familia y los otros animales del bosque despreciaban mis trabajos, porque estos eran raros, pero yo no me daba por vencida.

—Déjate de chapuzas y aprende de una vez el oficio como es debido –se burlaba mi hermana.

Pero era lo que me salía del alma. No podía trabajar de otra manera.

Mi hermana tuvo celos de mí. No soportaba que yo, siendo tan torpe, ganara más que ella. Se metía conmigo todo el rato.

—¡Torpe, más que torpe! Por mucho que lo intentes, nunca serás una buena carpintera. ¡Torpe, más que torpe!

Un día me harté.

—Algún día –le dije– seré un gran pájaro carpintero, un pájaro artista.

—¡Mira, mira! ¡Encima se pone chulita! ¡Nunca aprenderás, te lo digo yo!

—La que nunca aprenderá a volar como es debido eres tú, y toda la familia. ¡Hatajo de torpes!

***

9

PELEA

—¿Hatajo de torpes, dices? ¡Ahora verás!

Me atacó con su afilado pico. Se movía con destreza por la superficie de un tronco caído, pero yo la esquivaba dando ágiles saltos. A veces, ella sacaba la lengua y trataba de pincharme con la acerada punta, porque los pájaros carpinteros tenemos lenguas como alfileres, duras y punzantes. Conseguí despistarla un poco; le di un aletazo y se cayó de bruces contra el tronco; clavó la lengua en él y no la podía sacar.

Mi hermana se puso a relinchar como una loca.

—¡Socorro!

Acudió la familia en pleno, excepto mi padre, que seguía tocando la batería sin parar y no se enteraba.

—¿Qué has hecho a tu hermana, eh? –me gritó mi madre–. ¡Salvaje, más que salvaje!

La desenganchó del tronco.

—¡Me ha pegado! –gritó mi hermana, exagerando.

—¡Ha empezado ella! –me defendí.

No me sirvió de nada. Toda la familia se puso a relinchar contra mí e hicieron temblar el bosque. Me persiguieron para ponerme un castigo, que consistía en encerrarme en el nido con la entrada tapada, a oscuras, lo que me daba mucho miedo; tenía pánico a que me castigaran.

Así que me escapé a velocidad supersónica.

—¡Verás cuando te cojamos! –me amenazaban.

* * *

10

DE CÓMO ABANDONÉ EL BOSQUE
DONDE NACÍ

El resto de los animales miraban divertidos la persecución. Pensaban que se trataba de otro de mis espectáculos acrobáticos, y me aplaudían y me lanzaban trozos de comida que yo iba ensartando con la punta de la lengua, para reponer fuerzas, sin dejar de volar.

Cuando mi madre y mis hermanos se cansaron de perseguirme, me dejaron en paz.

El anochecer dibujaba oscuras sombras moradas bajo los árboles. No sabía adónde dirigirme. No podía quedarme en el bosque que me vio nacer, porque el castigo que me esperaba me daba pavor.

Salí del bosque y descansé bajo unas rocas. El último rayo de sol me acarició la mejilla; sentí que, por lo menos, alguien me quería.

Cuando abrí los ojos, el sol estaba bastante alto. Me había dormido de puro agotamiento y no me desperté hasta bien entrada la mañana. Un silbido me hizo girar la cabeza; algo se deslizaba hacia mí. De pronto, la cabeza de una víbora se irguió para atacarme. Salté y esquivé su acometida. Jugué un poco con ella, dando vueltas a su alrededor y esquivando con facilidad sus ataques. Trató de hipnotizarme, pero yo la miraba a la boca, no a los ojos.

Ya me estaba hartando de que todo el mundo se metiera conmigo. Así que, cuando la mareé un poco, me eché sobre ella, le hice un rápido nudo en la cola y me alejé. Se quedó silbando de rabia, tratando de soltarse el nudo con la boca, mordiéndose a sí misma.

—¡Ay, ay! —gritaba a cada mordisco.

—¡Así aprenderás a dejar en paz a los demás! —le grité.

Emprendí el vuelo. Volé durante horas atravesando paisajes desérticos. En el viaje me crucé con algunas palomas mensajeras,

que se quedaban extrañadas por mi refinada
manera de volar, siendo como era un simple
pájaro carpintero. Una de las palomas
me acompañó un buen trecho y me habló
de un hermoso bosque que se hallaba no muy
lejos de donde nos encontrábamos. Señaló
la dirección y nos despedimos.

Al atardecer divisé el bosque,
que crecía a ambos lados de un río.
El bosque era estrecho, pero muy
alargado, siguiendo el curso del río.
Se perdía en el horizonte, donde
parecía que las puntas de los árboles
se clavaban en el cielo.

Llegué al borde del bosque y me posé
en la copa de un árbol donde no había nadie.
Allí descansé hasta el amanecer.

11

VIVIENDO
EN OTRO HERMOSO BOSQUE

Me desperté con un hambre voraz
porque no había probado bocado durante
todo el viaje. Bajé al suelo y me ofrecí
como carpintera a los primeros animales
con los que me crucé.

—Soy carpintera. ¿Tenéis algún trabajo
para mí?

Precisamente, no había pájaros carpinteros
en aquel bosque; así que enseguida
me proporcionaron trabajo. Comí lo
que me ofrecieron y me puse a trabajar
para ellos. Curiosamente, ¡oh, sorpresa!,
a los animales de aquel bosque les gustaron
mis trabajos.

—¡Qué formas tan graciosas! –exclamaban,
y se reían.

Como mi manera de trabajar les hacía tanta gracia, yo me dejaba llevar por la imaginación, y cada vez se me ocurrían formas más graciosas y raras.

En cierta ocasión, una ardilla me pidió un columpio para sus crías. Le fabriqué uno que, además de balancearse, giraba sobre sí mismo en todos los sentidos. Las crías, bien sujetas, se columpiaban de lado, cabeza abajo y en todas las posiciones imaginables.

El invento fue todo un éxito, hasta el punto que tuve que fabricar columpios para todas las especies. El columpio más gracioso de todos fue el que fabriqué para las ranas, porque se podían columpiar tanto en el aire como en el agua.

Ni se me hubiera pasado por la imaginación que alguien llegaría a apreciar tanto mis trabajos. Siempre me tuve por un pájaro carpintero torpe, incapaz de trabajar con la exactitud con que lo hacían mis hermanos y mis padres. Nunca fui capaz de fabricar, por ejemplo, una mesa exactamente cuadrada, o de taladrar un agujero exactamente circular en un tronco, pero no porque no lo hubiera intentado, sino por mi defecto de nacimiento.

Tampoco puedo trepar por los árboles como lo hace toda mi familia de pájaros carpinteros, porque no tengo en mis patas dos garras hacia delante y dos hacia atrás, sino todas mirando para delante, menos una pequeña que mira para atrás, como otras aves.

No me doy maña en serrar en línea recta, pero he trabajado y me he esforzado mucho en mi vida, y he aprendido a sacar partido de mis imperfecciones.

En aquel bosque, precisamente, valoraban mucho el que los columpios que yo fabricaba nunca se balancearan en línea recta; siempre se ladeaban o trazaban trayectorias inesperadas. Eso les hacía mucha gracia.

Si alguien me pedía que instalara una puerta en su casa, esta nunca se abría como él esperaba. Los marcos y los bordes no eran rectos, sino ligeramente sinuosos, pero siempre cerraban bien. Ellos apreciaban sobremanera dichos detalles. Si me hubiera llegado a ver mi hermana, habría dicho que yo era una payasa en un bosque de payasos.

Estaban dispuestos a pagarme lo que fuera por mis servicios. Pero yo les cobraba solo lo necesario. No quería enriquecerme a su costa. Era gente humilde que vivía de su trabajo como yo del mío. Mi mejor premio era que apreciasen mis trabajos y les hicieran tanta gracia.

* * *

12

LA SOLEDAD

Vivía muy feliz en mi nuevo bosque. Los habitantes de todas las especies me querían tal como era y además valoraban mi trabajo. Pensé en quedarme a vivir allí para siempre.

Sin embargo, había algo que me pinchaba aquí dentro, en el pecho. Aunque todos me apreciaran, mi corazón se sentía solo, porque no había nadie de mi especie por aquella zona, ningún otro pájaro carpintero con el que compartir mi vida y mis aficiones.

De todas maneras, ¿adónde ir? Al bosque donde nací no volvería jamás; mi decisión no tenía vuelta atrás. Y no es que les guardara rencor, no. Pero el bosque donde había nacido era para mí la imagen perfecta de una prisión. No creo que ningún presidiario que se haya

librado de su prisión desee volver
a ella, aunque lo inviten con honores
y le preparen una celda de oro. ¿No?
   Yo ya me había librado de mi prisión
y solo quería olvidarla. Nada más.

He dicho que los habitantes del nuevo
bosque me querían mucho y es la pura
verdad. A pesar de ello, hubo algo que no
les gustó de mí. Además de mis trabajos de
carpintería y ebanistería, un día les hice una
demostración de vuelo acrobático: volé a ras
de suelo, subí en vertical, bajé en barrena…
   Me miraron estupefactos. Cuando acabé,
les pregunté:
   —¿Qué tal? ¿Os ha gustado?
   Fruncieron el ceño y me dieron la espalda,
sin contestar. Pregunté a uno, pregunté a otro,
a ver qué era lo que les había disgustado.
Al final, una urraca me dirigió agrias palabras.
   —No nos gusta eso que haces, ¿oyes?
Nuestras crías tratarán de imitarte y se
estrellarán. En las escuelas del bosque les
enseñamos a circular ordenadamente y a no

sobrepasar el límite de velocidad. ¿No te has dado cuenta? Tu actitud es un mal ejemplo, ¿oyes? Que no se vuelva a repetir, ¿oyes?

—Oigo –le contesté, y tampoco le gustó mi contestación.

—Encima, de cachondeo. Vete al cuerno, ¿oyes? –me gritó.

—Oigo –le contesté de nuevo; me salió sin mala intención.

La urraca se marchó chillando, batiendo sus alas y llamándome maleducada. Tardó un mes en volver a dirigirme la palabra y lo hizo porque se le estropeó el columpio de sus crías y quería que se lo arreglara cuanto antes, porque no paraban de protestar y eso le atacaba los nervios.

No volví a practicar vuelos acrobáticos en el bosque. Cuando me entraban muchas ganas de hacerlo, me retiraba al desierto, a una zona rocosa, y practicaba allí, en plena soledad.

* * *

13

PALOMAS MENSAJERAS

En el bosque, seguí habitando en la copa del árbol en que me posé el día de mi llegada. Allí construí una casita en forma de hongo, con un mirador desde el que se divisaba el desierto. Me acordaba de mi amigo el ruiseñor que me llamaba Pajarolindo y me cantaba hermosas canciones.

Me pasaba horas y horas contemplando los amaneceres y los atardeceres; los rayos de sol trazaban sendas doradas sobre el bosque y me inspiraban para mis trabajos de escultura.

En mis ratos libres me sentaba en el mirador y tallaba trozos de madera que iba ensamblando, para obtener formas inesperadas. Como taladro usaba el pico. Cuando tenía que perforar agujeros muy finos usaba la punta de mi acerada lengua.

A veces, desde mi atalaya, divisaba algunas palomas mensajeras como las que me había topado en mi gran fuga; sobrevolaban el desierto en dirección a tierras desconocidas para mí. Entonces, las preguntas se agolpaban en mi cabeza: "¿Adónde se dirigirán? ¿Qué otros bosques atravesarán en su ruta? ¿Alguna de ellas habrá pasado por el bosque donde yo nací?".

Las veía pasar veloces en la lejanía, y la melancolía se adueñaba de mi alma. Entonces, yo convertía aquella melancolía en arte tallando la madera.

Un día estaba esculpiendo una rama de fresno y contemplando de vez en cuando el hermoso atardecer que se acostaba más allá del desierto, cuando un vientecillo se filtró por entre los árboles del bosque, como si muchos puñales de afiladas puntas hirieran las sombras. Casi se podían ver con los ojos. Mis plumas se erizaron y tuve que sacudirlas.

Algo dentro de mí gritó: ¡ALARMA!

Salté de la copa veloz como un rayo.
En vuelo rasante, recorrí el bosque, gritando
y alertando a todos los animales.

—¡Alarma! ¡Hay que ponerse a resguardo!
¡Hay que huir del bosque!

Los animales del bosque me miraron con
malos ojos. ¿Huir del bosque para ponerse
a resguardo? Eso no tenía ningún sentido
cuando precisamente el bosque era el refugio
donde se protegían y se escondían todos
aquellos animales. Sin embargo,
eso era lo que yo había sentido; había
que huir del bosque. Insistí:

—¡Hay que salir del bosque, amigos!
¡Aquí corremos un grave peligro!

Los otros animales se molestaron conmigo.
La urraca me gritó:

—¿Ya estás otra vez con tus rarezas, dando
mal ejemplo a los pequeños? ¡Fuera de aquí,
gamberra!

Airados, me tiraron piedras y me
persiguieron dando chillidos.

—¡Hacedme caso! –les decía yo–. ¡Va a
pasar algo! ¡Huid! ¡Poneos a salvo!

Ellos se sentían a salvo en el bosque.
¿Cómo iban a creerme a mí y abandonarlo?

—¡Atrapémosla! –gritaba la urraca–.
¡Hay que encerrarla! ¡Está loca, está como
un cencerro! ¡Vamos por ella!

Querían encerrarme a toda costa. Así que
cesé el vuelo rasante y subí en vertical hasta
mi casa. Me detuve un rato y la contemplé
por última vez. Dejé caer una lágrima sobre
mi última escultura. Lo abandoné todo
y volé muy alto hacia el desierto.

* * *

14

SEGUNDA HUIDA

—¡Allá va! ¡Se nos escapa! –gritó una rata de agua.

—¡Que se vaya! ¡Que no vuelva más! –gritó la urraca.

Una ardilla y una rana lloraban mi marcha cerca de un charco. Las divisé al pasar volando sobre ellas. Mi vista, de contemplar tantos amaneceres y atardeceres, se había agudizado más que la de un halcón.

Al ver a la rana y a la ardilla, mi corazón compungido se consoló; en el bosque aún quedaba alguien que me quería. Bajé en picado y, antes de subir de nuevo, les grité con todas mis fuerzas:

—¡Huid, amigos! ¡Estáis en peligro! ¡Huid!

No sé si no me oyeron o no quisieron
hacerlo.

Volé hacia unas rocas del desierto; conocía
bien la zona. Allí había un buen escondrijo:
una cueva en un altozano. Llegué y miré
al lejano bosque. Estaba más hermoso que
nunca. Sus verdes reflejos se multiplicaban
en infinidad de tonos y formaban como una
atmósfera mágica sobre él.

Pronto anocheció. Por
dos veces volví a sentir
cómo pasaba un viento
con cuchillos
que se clavaban en el
corazón del bosque.

Me estremecí.

—¡Huid! –grité inútilmente,
mirando hacia el bosque.

No pude pegar ojo durante
toda la noche. Con el cuerpo
acurrucado contra una de
las paredes de la cuevecita
que me servía de refugio,

vigilaba los cuchillos de aire que cada vez
soplaban con más fuerza en dirección al bosque.
Parecían amenazar diciendo: "Vamos a talar el
bosque, vamos a arrancarlo de cuajo". El viento,
por momentos, se convertía en puntiagudas
ráfagas de hielo transparente cruzando
la oscuridad a la velocidad de un rayo.

La luna, en cuarto menguante, ofrecía
una luz débil, casi mortecina, a una noche

que temblaba aterrada. Yo tiritaba de frío y también de miedo, fuertemente pegada a la pared de mi refugio.

—Luna, lunita: calienta mi barriguita —rogué a punto de echarme a llorar.

Pero su luz era de hielo.

En el horizonte asomaron dos nubes alargadas, puntiagudas, dos manchas negras que avanzaban por el cielo estrellado.
Las puntas de las nubes atacaron a la luna, que pareció quedar herida de muerte. Luego, vinieron más nubes, negras, muy negras.
Al poco rato, el cielo se convirtió en una capa negra, muy negra, de un ser inmenso, amenazante. Sin luna, sin estrellas, un ojo negro, muy negro, me miraba fijamente, acusándome de haber descubierto sus intenciones.

—¡Déjame en paz! –le grité–. ¡No me mires así!

Pero el ojo negro no apartó su mirada de mí. Parecía amenazarme: "¡Te voy a comer, te voy a comer!".

Por la mañana apenas amaneció. El bosque,
a lo lejos, era una mancha negra agonizante.
Su visión me sobrecogió. En el horizonte,
un relámpago apenas perceptible, inofensivo,
encendió dentro de mí una palabra que
conocía bien: ¡PELIGRO!

—¡Corred, marchaos! –grité a pleno
pulmón.

Pero mi voz no alcanzó más allá que
un tiro de piedra.

No tardé mucho en divisar nuevos
relámpagos. En pocos minutos parecía
haber estallado una guerra en el horizonte.
Al principio solo fue en el horizonte;
luego los relámpagos invadieron todo el cielo.
Se oía un continuo retumbar de lejanos
truenos acercándose.

—¡Un millón de caballos galopan hacia acá!
–grité llena de pavor–. ¡Me aplastarán!

De repente, aquellos caballos imaginarios
detuvieron en seco su loca carrera.
Todo quedó quieto, silencioso, oscuro.

* * *

15

LA GRAN TORMENTA

—¡Chispas! –grité sobresaltada por
un repentino destello, porque me estaba
quedando adormilada, de puro cansancio.

Un rayo hirió el bosque, atraído por uno
de los árboles más altos, quizá el que había
albergado mi casa. Al primer rayo lo siguieron
otros, y otros más, y más, sin tregua. Caían
por doquier, y castigaban al desierto y al
bosque como lanzas que pincharan la piel
de un animal gigantesco. La arena del desierto
brillaba como brasas de carbón. En el bosque
brotaban incendios sin cesar. El bramido
de los truenos era ensordecedor.

—¡Parad, por favor! –grité, tapándome los
oídos con las alas–. ¡Que alguien pare esto!

Como si me hubieran escuchado, de pronto

se detuvo la tormenta. Las ráfagas de viento helado cesaron por completo. Ya no hubo más rayos ni truenos. Solamente en el bosque las llamas de los incendios trataban de arañar el cielo. Aquel silencio sobrecogedor no era más que una amenaza; lo intuía. El cielo, de un gris oscuro intensísimo, era una carga dispuesta a dejarse caer sobre la tierra.

—¡No me mires así, por favor! —rogué, aterrada, a aquel ojo tenebroso, traté de esconder la cabeza entre las alas—. ¡Me das miedo!

El silencio se hizo eterno. De repente, el desierto pareció asombrado; unas gotas de agua acariciaron su piel, reseca y sedienta desde tiempos inmemoriales. No tardó mucho en descargar un formidable aguacero. Cada gota era del tamaño de un jabalí; era como un mar que se descargaba en cascada sobre la tierra. Ante mi refugio solo veía una densa cortina de agua.

—¡Qué bello! —me extasié, y olvidé por un momento el terror que me invadía.

El aguacero no duró mucho, pero la cantidad de agua que cayó fue espectacular. Desde el altozano en que se encontraba mi refugio vi el desierto convertido en un mar que se desplazaba hacia el bosque.

—¡Huid, amigos! ¡Huid! –grité con todas mis fuerzas.

Pero, incluso si me hubieran podido oír, ya era tarde.

En breves instantes, el bosque desapareció bajo las aguas. Solo se veían las copas de los árboles más altos. Con mi aguda vista creí percibir sombras de animales desesperados, agarrados a las copas de aquellos árboles que emergían de las aguas.

—¡Agarraos fuerte, que voy!

Decidí acudir en su ayuda, pero una segunda tromba me obligó a resguardarme en mi refugio, con las plumas completamente empapadas.

Aquel segundo aguacero duró una eternidad. Con el corazón en un puño esperé

a que escampara. El agua comenzó a inundar
mi refugio. Me subí a la parte más alta y me
agarré con desesperación a los salientes de
la pared. Cuando dejó de llover, me arrojé
al agua y salí fuera nadando.

—¡Por las plumas de mi madre! ¡Qué horror!

El bosque había desaparecido por completo.
El horizonte donde antes se clavaban las
puntas de los árboles se había convertido en
la desembocadura de un inmenso río al que
fluían las aguas del desierto.

El espectáculo era estremecedor. Me acordé
de los animales que me habían acogido y
habían apreciado mi trabajo. Aunque me
habían expulsado del bosque, los seguía
queriendo. Me acordé de la ardilla y de la
rana, amigos incondicionales. Y lloré.

—¿Qué voy a hacer ahora? ¿Adónde iré
sola y sin rumbo?

Las aguas no tardaron mucho en bajar.
El desierto quedó convertido en un inmenso
barrizal. El bosque había sido arrancado de
cuajo. Solo algunos troncos desnudos trataban

de mantenerse en pie. El río que corría por medio de lo que fue el bosque tenía color de tierra.

Los restos de las últimas nubes fueron desapareciendo en el horizonte, con expresión burlona. El sol calentó con fuerza y aquellas tierras se convirtieron en una zona pantanosa llena de mosquitos dispuestos a contagiar cualquier enfermedad.

***

16

OTRO VIAJE

Cuando divisé una nube de mosquitos en dirección a mi refugio, di un gran salto y subí en vertical, aleteando con fuerza. Luego, me dejé deslizar por el aire y paseé mi tristeza por el cielo. No sabía adónde dirigirme. Decidí continuar por la ruta que seguían la mayoría de las palomas mensajeras que había visto pasar.

Volé hasta el anochecer. Cuando dejé atrás la zona afectada por la inundación me encontré con otro desierto arenoso interminable, sobre el que seguí volando hasta bien entrada la noche. Descansé al abrigo de una duna, porque de noche soplaba un viento muy frío que amenazaba con congelarme.

A la salida del sol proseguí mi viaje.

Volé durante dos días más, sin comer y sin beber. Parecía que aquel desierto no tenía fin. Llegó un momento en que no pude más. Sufrí un desfallecimiento, caí en picado y solo pude hacer un último esfuerzo para aterrizar y tumbarme sobre la arena.

Casi no podía abrir los ojos. De pronto, sentí el ágil aleteo de una paloma mensajera. No me quedaban fuerzas para gritar y pedir socorro. Solamente logré agitar una de mis alas, pero bastó para que me viera. Se aproximó como una flecha.

—¡Ánimo, amiga! –me gritó–. Haz un último esfuerzo. Hay un oasis cerca de aquí. Si llegas hasta él, estarás a salvo. Vamos, sígueme.

Sacando fuerzas de flaqueza, elevé el vuelo como pude y la seguí. Traté de pensar en cosas agradables para olvidarme del dolor que me producían las alas.

Divisamos un hermoso oasis. La paloma mensajera se despidió en el aire. Llevaba prisa. En medio del oasis había un gran lago de aguas cristalinas. Bajé en picado y me sumergí de cabeza en él.

Hubiera sido capaz de beberme todo el lago. Una vez saciada la sed, salí del agua y miré a mi alrededor. Se veían árboles frutales y plantas de todas clases. Sin esforzarme apenas comí hasta hartarme. Luego, me eché a dormir a la sombra de una palmera datilera. Dormí tanto que, cuando desperté, me sentí en otra época.

Una suave brisa me acariciaba las plumas. A la sombra de la palmera miraba al cielo azul, tan limpio que parecía adivinarse el otro lado del universo.

¡Qué bien me sentía! Me hubiera quedado así por toda la eternidad. Entonces, una voz atrajo mi atención. La reconocí al instante.

—¡Mira a quién tenemos aquí: Pajarolindo! –dijo.

Volví la cabeza y vi acercarse a mi amigo el ruiseñor, el que se había marchado de mi bosque natal con su pareja. Venía solo.

—¿Qué haces, amigo? –le pregunté, al tiempo que me incorporaba y corría a abrazarlo.

* * *

17

EL GRAN PROYECTO
DEL RUISEÑOR

—¿Y tu pareja? –le pregunté, al verlo solo.

—Nos divorciamos, Pajarolindo –me contestó, pero no se puso triste–. Nos gustábamos tanto que nos comimos nuestro amor.

Después de divorciarse había volado solo, hasta que encontró aquel oasis. Era feliz allí. Disfrutaba de la belleza que le rodeaba. Se había hecho músico profesional. Todas las tardes ofrecía recitales a la orilla del lago. De todas maneras, últimamente estaba dando vueltas a un proyecto…

—Pero dime: ¿qué es de ti, Pajarolindo? ¿Cómo has venido a parar aquí?

Le conté mi historia, con pelos y señales, mientras picoteábamos unos dátiles maduros que se desprendían con la brisa y caían a nuestros pies.

—Así que tú también
eres una artista –me dijo
sonriente–. Nada menos
que escultora, y además una
experta voladora. Ya notaba
yo algo especial en ti desde que eras
así de chiquitina.

Abrió un ala y me abrazó por
la espalda.

—¿Te acuerdas, Pajarolindo,
de la canción que te canté cuando
estabas muerta de miedo y
de hambre en tu nido?

—Sí. Y me enseñaste solfeo y
todo.

Susurró con voz melodiosa
la antigua canción, e hizo que
me saltaran las lágrimas.

Cuando dejó de cantar, miró
en todas direcciones y me habló
al oído.

—Te voy a confiar mi secreto,
mi gran proyecto: a dos días
de vuelo hay un raro bosque

amurallado donde vive una especie animal que tiene unas costumbres muy distintas a las del resto de los animales. Los miembros de la especie se llaman humanos. Construyen unos bosques de piedra muy hermosos. Sus árboles de piedra tienen ojos brillantes por todas partes; esos ojos se abren y se cierran, y respiran por ellos. Los árboles son huecos y los humanos anidan dentro.

Yo no podía creer lo que me estaba contando. Nunca había oído que existiera una especie así. El ruiseñor tenía mucha imaginación; pensé que se lo habría inventado o que lo habría soñado. Pero continué escuchándole con atención.

—En la ciudad amurallada –siguió contando– vive un emperador, el rey de los humanos. En su árbol, que llaman palacio y es el más grande y hermoso de todos, acoge a todo tipo de artistas. Allí se reúnen músicos, pintores, escultores, poetas, actores…, artistas de todas clases, y los humanos los aprecian mucho. Quiero ir allí a probar fortuna con mi canto. Tú podrías hacer otro tanto con tu escultura. ¿Qué me dices? ¿Vienes conmigo, Pajarolindo? ¿Eh, Pajarolindo de mi alma?

Acepté, a pesar de mis reticencias. Tenía enormes ganas de conocer una especie tan refinada y un bosque tan hermoso como el que describía el ruiseñor. Aunque pensé que mi amigo deliraba, que el divorcio lo había trastornado, que lo que me contaba eran imaginaciones suyas, de todas formas decidí que merecía la pena comprobar si era cierto. Si todo salía mal y el viaje se malograba, siempre podíamos volver al oasis y vivir plácidamente a la sombra de las palmeras datileras.

Así que comimos y bebimos para aprovisionarnos de buenas reservas, y emprendimos el vuelo un amanecer en que el cielo se mostraba halagüeño.

* * *

18

EL BOSQUE DE PIEDRA

El ruiseñor no era capaz de volar tan veloz como yo. A medida que avanzábamos, le enseñé a hacerlo prácticamente pegado a mi cola. De esa guisa, yo le quitaba el aire y podíamos volar más deprisa. Volábamos de día. Por la noche buscábamos refugio. El paisaje ya no era desértico. Atravesamos zonas montañosas y sobrevolamos inmensos bosques. No tuvimos problemas para encontrar los alimentos y el agua necesarios.

El viaje duró más de lo previsto, pero por fin llegamos al valle más grande y más hermoso que he conocido en mi vida. Un río anchuroso y caudaloso lo recorría en toda su longitud. A ambos lados del río se veían tupidos bosques y amplias praderas. En el centro del valle divisamos el bosque de piedra construido por los humanos, tal y como me lo había anunciado el ruiseñor. Me pareció un bosque tan hermoso que me quedé sin aliento y suspendida en el aire, hasta que un suave empujón del ruiseñor me invitó a seguir avanzando.

Algunos árboles de piedra echaban humo por las copas. Al principio, me asusté; pensé que el bosque se había incendiado. Pero el ruiseñor me explicó que dentro de los árboles de piedra los humanos encendían fuego sin que el árbol se quemara.

Uno de los árboles era mucho más grande y vistoso que el resto.

—Es el palacio del emperador –me explicó el ruiseñor.

Estaba anocheciendo cuando nos adentramos en el bosque de piedra, al que el ruiseñor llamó ciudad. Fuimos a buscar refugio a la copa de uno de aquellos árboles. Los humanos vivían dentro de los árboles y dejaban que los pájaros anidaran en las copas. Vimos palomas, gorriones y cigüeñas. Encontramos una copa libre y en ella establecimos nuestro refugio. Cerca de nosotros dormía una familia de palomas.

—Buenas noches, forasteros –nos dijeron–. Que durmáis bien.

Dormimos a pierna suelta. Por la mañana, al despertarnos, las palomas ya habían levantado el vuelo. Teníamos hambre; así que descendimos al suelo en busca de comida.

Comprobamos que los humanos recogen y almacenan todo tipo de alimentos. Decidimos comer un poco. Entonces, apareció un enorme animal humano, mucho más grande que un jabalí, casi tan grande como un oso, erguido sobre dos patas, y nos persiguió amenazante.

Empujé al ruiseñor para que huyera, y yo me quedé esperando al monstruo. Cuando iba a abalanzarse sobre mí, salí disparada, en vuelo rasante, y pasé entre sus piernas.

Volvimos a nuestro refugio. El ruiseñor me explicó que no todos los humanos eran como aquel monstruo, pero había quienes cazaban pájaros y se los comían; otros los apresaban y los metían en jaulas. Algunos humanos cautivaban pájaros carpinteros y les hacían trabajar como esclavos.

—¿Adónde me has traído? –me alarmé–. Este lugar será nuestra perdición.

—No te apures, Pajarolindo –me contestó–. Nosotros somos artistas. Iremos al palacio del emperador y allí admirarán nuestro arte. Viviremos libres y ricos como artistas de la corte. Ya verás, Pajarolindo.

***

19

ENTRE LOS HUMANOS

Una vez más confié en mi amigo ruiseñor, que tan bien se había portado conmigo desde que nací.

Esperamos al atardecer. Cuando al calor del sol le siguió una brisa fresca que soplaba desde las montañas, los humanos se dejaron ver en los jardines del palacio imperial.

Paseaban de un lado a otro, admirando la labor de los

artistas que iban asomando por doquier. Bajo un árbol un conejo poeta recitaba unos versos y varias damiselas lo escuchaban extasiadas. A la orilla de un estanque un coro de mirlos entonaba un canto popular. Algunas ranas saltaban en el agua al ritmo de la canción.

De un salón con las puertas abiertas de par en par surgieron dos hileras de flamencos bailarines, que daban vueltas y más vueltas sobre sus largas patas rosadas. Había ratones pintores, subidos a barandillas y postes.

Había cabras con porte de arquitecto, que trazaban nuevos diseños para las próximas reformas del palacio imperial. Había gaviotas de fuertes picos y morsas de largos colmillos, que practicaban la escultura acuática para reconducir los riachuelos y estanques que abundaban por los jardines.

El ruiseñor aguzó el oído; se dirigió hacia un lugar donde un coro de ruiseñores deleitaba a un grupo de humanos que llevaban pelucas teñidas de rubio. En el coro lo recibieron amablemente y lo invitaron a cantar un solo. En aquel momento pasaba por allí el emperador con su séquito. Se paró a escuchar al nuevo ruiseñor.

—Una voz divina. ¡Contrátenlo!

El ministro de Actividades Artísticas contrató al ruiseñor, que estaba que no cabía de gozo, disfrutando de su inmediato éxito. De lejos me hizo un gesto, como dándome a entender: "Ahora inténtalo tú".

Volé por los alrededores del palacio. No vi un solo artista de mi especie: ni un solo pájaro carpintero. Me acerqué a las gaviotas y a las

morsas, que hacían escultura acuática,
y les pregunté por los pájaros carpinteros.

—¿Sabéis algo de los de mi especie? Somos tradicionalmente hábiles en trabajar la madera.

—¿Trabajos en madera? –dijo una gaviota–. Vaya una ordinariez.

Una morsa, más amable, me contó que había visto un grupo de pájaros carpinteros, pero que no eran artistas sino esclavos que trabajaban a las órdenes de los arquitectos imperiales y que eran obligados a efectuar los trabajos más peligrosos.

—Anteayer, precisamente, murió uno de ellos aplastado por una viga.

Vio mi cara de estupor y prosiguió:

—Aquí solo los artistas somos libres. Los otros animales son esclavizados al servicio del emperador o cazados para que los humanos se los coman.

Me alejé cabizbaja. Quizá yo también acabaría mis días trabajando como esclava junto al resto de los pájaros carpinteros. De todas maneras, ya que me encontraba en medio de aquel fregado, decidí probar suerte.

En un rincón apartado divisé un tronco seco apoyado en un muro. Comencé a tallarlo. Al rato, el coro de mirlos, en un descanso, pasó cerca de donde yo trabajaba. Se miraron unos a otros y se rieron burlonamente.

—Mira, mira: un pájaro carpintero haciendo chapuzas. Además, no sabe ni llevar un ritmo de batería.

* * *

20

ESCULTURAS DE MADERA

Aquel día no pude acabar el trabajo.
Oscureció, salí del palacio y me retiré a
la copa del árbol de piedra de la víspera.
Allí esperé a mi amigo el ruiseñor, pero
no aparecía. Velé hasta muy tarde. Ya de
madrugada, se presentó volando torpemente.
Al posarse se tambaleaba.

—He bebido un poco para celebrar el
contrato, Pajarolindo. Hemos estado cantando
hasta muy tarde. Ahora soy la voz favorita del
emperador. ¿Y a ti qué tal te ha ido?

Le empecé a contar que no tan bien como
a él, pero enseguida se puso a roncar.

Al día siguiente volvimos al palacio al
atardecer. El ruiseñor se fue con su coro;
yo me dirigí a mi rincón apartado. Acabé mi
trabajo y me subí a un árbol a descansar.

Vi a mi amigo el ruiseñor paseando a la orilla del estanque, acompañado de una pareja. Iban agarrados de las alas. Bajé a saludarlos. Me presentó a su nueva amiga.

—Canta como un ángel, Pajarolindo —me dijo—. ¡Ah! No me esperes esta noche para dormir. Me he vuelto a enamorar.

Volví al árbol y oteé el horizonte. Los rayos de sol se inclinaban ante el rey de la noche, la oscuridad. En esto, vi acercarse al emperador con su séquito. Me escondí entre las ramas más frondosas.

El emperador vio la escultura de madera, la examinó detenidamente y gritó:

—¿Quién ha hecho esto?

Yo me quedé callado. Nadie de su séquito sabía nada. Cuchicheaban entre sí:

—La que le va a caer al pobre que lo ha tallado. Vaya chapuza de escultura.

—Ni proporción, ni originalidad, ni exquisitez —comentó por lo bajo uno de los críticos de arte del emperador, un guacamayo—. ¡Bah! Se trata de un escultor de poca monta.

—¿Quién ha sido? –volvió a preguntar el emperador con voz atronadora.

Se acercó el coro de mirlos acusicas y le dijeron:

—Nosotros lo hemos visto: es un pájaro carpintero de pico torcido; un carpintero horroroso que ni sabe llevar el ritmo.

—¡Cállense! –les gritó el emperador–. ¡Parecen cotorras!

A continuación llamó al ministro de Actividades Artísticas.

—Contraten inmediatamente a ese pájaro carpintero. Búsquenlo, aunque se haya escondido bajo tierra.

Entonces, los del séquito, que antes se habían burlado de la escultura, se acercaron a ella, la observaron desde diversos ángulos e hicieron gestos de aprobación. El guacamayo crítico de arte comentó:

—Muy pero que muy interesante. Un estilo muy personal; tradición con geniales toques de modernidad. Se ve claramente el pico de un artista inmortal.

Me alejé volando a otro árbol, y bajé a pasear cerca de unas escalinatas, disimulando. Enseguida me vio el ministro de Actividades Artísticas y corrió hacia mí agitando los papeles del contrato.

—¡Contratada! —me dijo—. Firme aquí, aquí, aquí…

En aquel instante pasó por allí el ruiseñor, del ala de su pareja. Me guiñó un ojo y sonrió.

Ya era artista de la corte, la única y la más grande escultora de madera.

***

21

ESCULTORA PREFERIDA
DEL EMPERADOR

Mis esculturas se expusieron en los salones imperiales. La gente que las contemplaba daba muestras de admiración. El conejo poeta escribió una oda titulada "Rara avis" y el poema afirmaba que yo era "una rara ave, agraciada con un pico de oro".

Un cuervo, director de orquesta, compuso a su vez una melodía para el poema. La orquesta del palacio y el coro de ruiseñores y el de mirlos la interpretaban todas las tardes. Los oyentes aplaudían a rabiar y pedían bises. Luego, me hacían subir al escenario y el ruiseñor solista y yo extendíamos las alas y saludábamos al público.

La gloria me embriagaba y me hacía experimentar un gran placer. Pero aquel placer distaba mucho de ser jubiloso.

Algo en mi interior gemía de tristeza y hacía que los golpes de mi acerado pico se curvasen aún más. Esa tristeza que yo iba esculpiendo en madera era precisamente la que más éxito tenía entre los espectadores de mi obra.

—Tiene un aire melancólico, un dolor que se mueve sinuosamente –comentaba el guacamayo.

Un día, por casualidad, oí una conversación entre el arquitecto cabra y el ministro de Actividades Artísticas. Decía el arquitecto:

—¿Te acuerdas de aquel pájaro carpintero que mandamos encerrar en una mazmorra por torpe? También él tenía el pico torcido a un lado, como nuestra gran artista. Como era incapaz de subirse a las alturas con los otros pájaros carpinteros y no trazaba una línea a derechas, lo mandamos encerrar. ¿Te acuerdas? Mira que si resulta que hemos encerrado a un gran escultor…

—Me acuerdo –contestó el ministro de Actividades Artísticas–. Pero es mejor que dejemos las cosas como están. No sabemos si sigue vivo. Además, nadie nos garantiza que no se trate en realidad de un pobre torpón.

—Tienes razón –dijo el arquitecto cabra–, pero mira que si…

De estupor, el aire se me quedó congelado en la garganta. Conque existía otro pájaro igual que yo. Conque yo no era el único ejemplar torpe de mi especie.

El pobre había tenido peor suerte que yo.

De pronto, me entraron unas ansias irrefrenables de conocerlo. "He de verlo, he de hablar con él, he de sacarlo de prisión". Pedí audiencia con el emperador. Él me recibió con una sonrisa. Le expuse la historia del pájaro carpintero torpón encerrado en una mazmorra y le rogué que lo liberara.

—Se hará como tú pides –me concedió el emperador.

Unos soldados fueron a buscarlo. Cuando lo trajeron ante mí, el pobre apenas podía abrir los ojos. A mí se me saltaron las

lágrimas. Me lo llevé conmigo, lo lavé,
lo alimenté, lo curé. Él se dejaba hacer
sin abrir la boca; tantos años de encierro lo
habían vuelto mudo.

Le enseñé a tallar la madera. Al principio,
no daba una a derechas, pero fue
aprendiendo rápido, como yo esperaba.

Llegó un día en que los dos tallábamos las esculturas en colaboración. Al ver nuestros trabajos, el emperador y los espectadores se maravillaban aún más que antes.

—¡Contrátenlo también! —ordenó el emperador.

* * *

22

DÍAS FELICES

Pasaron unos días. Yo veía que mi compañero trataba de decirme algo. Un día, su garganta se soltó.

—Gracias, querida. Nunca podré pagarte lo que has hecho por mí.

—Lo haría mil veces si fuera preciso —le contesté.

Nos convertimos en pareja, como el ruiseñor y su amiga. Ellos, a veces, venían de visita y nos marchábamos juntos a comer a las afueras de la ciudad, donde había unos huertos excelentes.

Yo me sentía completamente feliz por primera vez en mi vida. La tristeza que habitaba en mi corazón se fue borrando. Nuestras esculturas se volvieron, no sé cómo decirlo, "fulgurantes", como señaló el guacamayo.

Vivíamos como en un sueño. Hacíamos planes de formar una familia con muchas crías, una familia de pájaros carpinteros escultores. En una buhardilla abandonada fuimos construyendo un nido de ensueño donde íbamos a criar a nuestros pequeñuelos.

Ya sentía ganas de empollar unos cuantos huevos; para mí era una sensación desconocida hasta entonces. Me sentía madre de toda la naturaleza, capaz de cubrirla con mis alas y empollarla para que brotara de ella la vida.

Un día, la pareja de ruiseñores nos dio una sorpresa.

—Nos vamos, Pajarolindo.

—¿Qué? –mi esposo y yo nos quedamos sin palabras.

—Que nos vamos. Hemos sabido de un imperio más poderoso que este, con palacios más suntuosos, donde los artistas son considerados dioses. Queremos probar suerte allí. Si tenemos éxito, nos convertiremos en dioses.

—Pero ¿y el contrato con el emperador? —les pregunté.

—Que se lo coma con pimienta y sal, si quiere. Ya estamos hartos del emperador; no es más que un tirano. Qué, ¿venís con nosotros, Pajarolindo?

Preferimos quedarnos. Los abrazamos. Ellos huyeron aprovechando la oscuridad de la noche.

En mi mente resonaban las palabras de la pareja de ruiseñores: "Tirano, más que tirano". Recordé la prisión de mi amado compañero, recordé la esclavitud a la que estaban sometidos los de mi especie. "Tirano, más que tirano".

* * *

23

ADIVINA CON QUIÉN ME ENCONTRÉ

—¡Traédmelos! –gritaba el emperador, furioso, al enterarse de la fuga de la pareja de ruiseñores–. ¡Traédmelos, dondequiera que se hallen! ¡Me los he de comer fritos! ¡Hacerme esto a mí!

Durante tres días se cerraron las puertas del palacio y se suspendieron todas las actividades artísticas. Nosotros aprovechamos para pasear por la orilla del río, en las afueras.

Los soldados buscaban por todas partes a los ruiseñores fugitivos. Yo sabía que no iban a dar con ellos, porque ya estarían a muchas leguas de la ciudad, quizá cruzando la frontera de otro gran imperio.

Nos interrogaron, pero hicimos como que no sabíamos nada.

—¡Par de tontos! –dije yo ante los policías–. Mira que despreciar la vida regalada y maravillosa que nos proporciona el emperador.

—Es verdad –dijeron los policías, y nos dejaron en paz.

A los pocos días todo volvió a la normalidad. Contrataron a otros dos ruiseñores y asunto zanjado.

Una mañana mi amado y yo salimos a dar una vuelta por la ciudad. A lo lejos vimos una hilera de pájaros con las patas encadenadas.

—Son pájaros carpinteros –dijo él–. Los llevan a trabajar en los tejados del palacio.

Me acerqué a ellos. Uno por uno fueron pasando ante mí con la cabeza baja. Cuando acabaron de pasar, algo en mi interior gritó: "¡Dios mío!". Corrí tras la fila y me detuve ante uno de ellos.

—¡Hermana! –le dije.

Levantó los ojos. Al principio no me reconoció. Luego hizo una mueca de asombro y musitó:

—¡Torpe, más que torpe!

Se alejó cabizbaja. Cuando me recuperé de

la impresión, expliqué a mi amado que había visto a mi hermana, la que de pequeña me llamaba "torpe, más que torpe".

Pasaron varios días sin volver a verlos.
Ya no me sentía feliz sirviendo al "tirano".
Una noche, mi esposo y yo volamos en la oscuridad hacia donde estaban encerrados los pájaros carpinteros. Era una jaula de madera, construida por ellos mismos. La emprendimos a picotazos e hicimos un agujero para que pudiesen salir.

—Pero ¿qué hacéis? —nos riñeron—. ¿No veis que mañana nos castigarán por romper la jaula?

Les explicamos nuestro plan, pero no quisieron huir.

—¿Adónde iremos? ¿Dónde vamos a vivir mejor que aquí? Nos dan de comer, tenemos un trabajo, ¿qué más queremos?

—La libertad —les dije.

Dos de ellos se levantaron con intención de seguirnos. Me quedé esperando al resto. Se levantaron unos cuantos más. La mayoría decidió quedarse, mi hermana entre ellos.

Fue como si me clavara la punta acerada de su lengua en medio del corazón. Me despidió con una sonrisa burlona y se puso a reparar el agujero que habíamos abierto.

—¡Torpe, más que torpe!

La salida de la ciudad estaba vigilada por dos guardias halcones, que se mantenían muy atentos desde la fuga de la pareja de ruiseñores. Era una temeridad tratar de huir. Pero yo contaba con mi pericia voladora. Llegué veloz a su altura y ambos comenzaron a perseguirme. Subí en vertical y me siguieron; bajé en picado y me aparté en el último momento, pero no cayeron en la trampa. Entonces, practiqué el vuelo rasante de tal manera que logré que se dieran un buen batacazo contra una acera.

Rápidamente, me puse al frente de mis compañeros de fuga. Volamos lejos bajo las estrellas. La luna llena iluminaba las montañas. Descansando con frecuencia, tardamos varios días en llegar al oasis.

Nos habíamos librado del "tirano".

***

24

DE CÓMO ACABA LA HISTORIA

Los pájaros carpinteros que viajaron con nosotros, una vez renovadas las fuerzas, se marcharon a otros bosques, siguiendo la ruta de las palomas mensajeras. Mi pareja y yo nos quedamos a vivir en el oasis.

Enseguida nos pusimos a construir una casa preciosa en lo alto de un cocotero, con dos balcones opuestos: uno para ver amanecer y el otro para contemplar el atardecer. Todas las mañanas nos levantábamos entonando alguna de las muchas canciones que habíamos aprendido de mi viejo amigo el ruiseñor, al que yo recordaba con nostalgia. ¡Tenía tanto que agradecerle!

Contagiábamos nuestra alegría a todo el oasis; los dátiles y los cocos temblaban con la vibración de los cantos, y los más maduros acababan por caerse y creaban un ritmo de tambores y castañuelas.

Mi cuerpo volvió a sentir la necesidad de abrir las alas y cubrir la tierra entera para que brotase nueva vida. Un atardecer, en que contemplaba una hermosa puesta de sol en la lejanía del desierto, sentí cosquillas en la parte baja de mi vientre:

—¡Ya viene! ¡Ya viene! –grité a mi compañero, que dejó de inmediato sus quehaceres de escultor y corrió a mi lado.

Puse un huevo, blanco como el algodón, con un punto negro. Parecía la foto de una noche de luna llena, pero al revés: el negativo de la foto. Enseguida lo cubrí para empollarlo, pero me tuve que retirar a toda prisa porque vino otro huevo, que casi se choca con el anterior y lo casca. Al punto, salió otro más. El segundo, también blanquísimo, tenía dos puntos. El tercero, tres. Esperé un rato, pero ya se me habían ido todas las ganas de poner huevos. Así que me senté encima de los tres a empollarlos.

Mi pareja me miraba con el pico abierto.

—Son las esculturas más maravillosas que he visto en mi vida –balbució.

El atardecer en que nacieron las crías el cielo se vistió de naranja, y no oscureció hasta que se rompió el tercer huevo. Las dos primeras criaturas nacieron como mi pareja y yo, con el pico torcido. Pero la tercera salió igual que mis padres, con el pico bien derecho y las garras fuertes.

Pasaron días y semanas. Las crías crecieron y les salieron bellas plumas, que se les cayeron y fueron reemplazadas por otras aún más hermosas: semejaban una capa negra con franjas rojas y blancas. Una de las crías tenía un punto blanco en la espalda; la segunda, dos; y la tercera, tres.

Hoy día, nuestra familia vive feliz en lo alto del cocotero, en una casa de puertas sinuosas y ventanas ovaladas, contemplando amaneceres y atardeceres, comiendo dátiles, picando cocos y ricas orugas que se ocultan bajo la corteza.

Mi pareja y yo enseñamos a las crías el arte de la escultura y el vuelo supersónico. A la cría de tres puntos le cuesta volar más que a sus hermanas y tengo que cuidar de que no se dé un topetazo. No sé; ha salido un poco torpe. Además, tiene unos gustos muy raros: ayer, sin ir más lejos, a la hora de comer, movió la cabeza mirando a todos lados y exclamó:

—Esta casa no tiene una viga a derechas; todo está torcido: puertas, ventanas, mesas…

No le gusta la escultura, está claro. Ella va a lo práctico. Tampoco le gusta la música "ruiseñoril" que cantamos en casa. Se ha aficionado a la batería y practica una música ruidosa que ella llama *rock* supersónico.

Me tiene preocupada. No es como el resto de la familia. No la voy a llamar torpe ni nada de eso; tampoco permitiré que sus hermanos se burlen de ella. Pero no sé qué va a ser de la pobre. Es tan distinta…

FIN

[5]